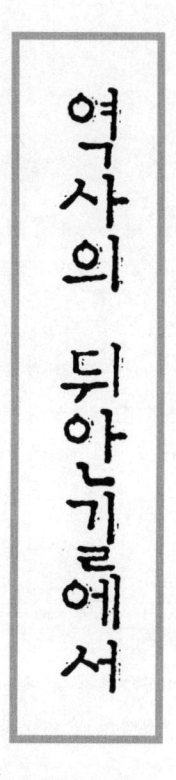

역사의 뒤안길에서

당신은 역사,
나는 큐레이터

진호신 詩集

학연문화사

지은이의 말

　내가 태어난 목동 마을은 여름이면 앞 방죽의 연꽃향기가 온 마을을 휘감아 무릉도원과 같은 분위기가 느껴지는 전형적인 농촌 마을이었습니다. 인심도 좋아서 온 동네 분들은 모두 삼촌 같고 이모 같은 분들이셨습니다. 나는 목동마을 안 골목에서 태어났습니다. 아버지께서는 중등학교에 계셨고 조부모님께서는 부농은 아니셨지만 목동마을에서 열심히 농사일을 하셨던 정이 많고 성실한 농부였던 것으로 기억합니다. 마을에는 집안 친척들이 많아서 이 골목 저 골목을 누비다 보면 하루에도 수십명의 당숙들과 맞닥뜨리며 그 때마다 저를 귀여워해 주셨습니다. 대소가 집안의 제사는 한 달에 족히 세 번 정도는 있었던 것 같았습니다. 제사 때면 집안의 친지 일가들이 모두 모여 앉아 식사를 하였는데 음식이 정말 맛있고 풍족하였던 것으로 기억합니다. 지금 생각하면 내 마음속 깊이 자리 잡고 있는 고향에 대한 향수와 풍족함은 어릴적 그 분들의 사랑을 듬뿍 받고 자라서 그랬던 것 아닐까 생각합니다.

　돌이켜보면 살아온 길 아쉬움이 남아서 또 하고 싶은 말을 솔직하게 전하기 위하여 처음으로 펜을 들었습니다. 언젠가는 길지 않은 글로 나의 마음을 정리하기 위하여 졸작 시를 쓰기로 마음 먹은지 10년이 훌쩍 넘었습니다.

살다보면 연구자인양 글도 쓰고 시인처럼 아파하기도 하고 이런 모든 감정을 하나로 모아보고 싶었습니다. 많은 학술서적을 읽었지만 정작 가슴에 남는 것은 나의 희노애락 감정이 들어간 시문 이야말로 인간의 본성을 매우 정직하게 표현 할 수 있는 좋은 매개라는 것을 알 수 있었습니다. 이 시는 모든 사람들이 공감할 수는 없겠지만 동시대를 같은 공간에서 살아가는 분들이 조금이나마 휴식처럼 호기심 있게 읽을 수 있는 소재가 되었으면 좋겠습니다.

2022년 3월
목포에서 저자

'향(鄉)' 故 장영일 작품[1]

---

1) 故 장영일님은 저자의 고등학교 스승으로 '잠자리' 화가로 널리 알려져 있다. 위의 작품은 1990년 네덜란드 현지에서 제작한 작품으로 '향(鄉)' 인간의 영원한 고향을 표현하고 있다.

차례

지은이의 말 • 4

1부 역사의 뒤안길에서

안홍정에서 • 10
서긍 • 12
벽란도 • 14
안흥진 능허대 • 16
만주사람 • 17
탐라 몽고인 • 18
통신사선 • 19
제주 대정현 • 20
사자바위 • 22
삼별초의 꽃 • 24
송나라 상인 • 25
태안선 • 26
마도 1호선 • 28
잠수부 • 29
신진도 수군 • 30

2부 섬진강에서

고향냄새 • 34
谷 城 • 36
돌정제 고인돌 • 38
우리 동네 신작로 • 39
도개집 막걸리 • 40
농부찬가 • 42
발동기 • 43
우리집 아재 • 44
장날에는 • 45
해질녘에 • 47
섬진강길 • 48
천마산 • 50
묘지명 • 52
희망의 나라로 • 53

3부 그리운 내님이시여

어머니 • 56

생각나는 사람 • 58

하얀 눈 내리네 • 59

봄날은 간다 • 60

기다림 • 62

잠에서 깨어 • 63

내가 죽으면 • 64

연꽃 필 때 • 66

다시 걷는 길 • 68

크리스마스이브에 • 69

4부 희망은 내 곁에

국회에서 • 72

목련화 • 74

역사 앞에서 • 76

좋아했던 그이 • 78

젊은그대 • 79

三正行 • 80

사나이 • 81

1949년 이별 • 82

막걸리 친구 • 83

휴전선 • 84

해설 | 사랑의 정조(情操), 서정의 계보_이윤선 • 87

안흥정에서

고려시대 태안 마도에는
안흥정이 있었다

물길 험하고 암초 많아
사신들 쉬어가는 곳
그 옛날은 말이 없는데
적송은 기품 있게 서있네

옛 마도에는 관마 길러
개경에 보냈 다네

물은 달고 소나무 청청 늘어진
주봉 아래 정자각 서있고
앞바다 새 부리 바위에는
객주와 신주 진을 쳤다네

사신들 도착할 때 고려군사
해안가에 횃불 들고 도열하여
사신을 맞는 다네

안흥정 차 한잔에 여독은 풀리고
날은 어둑어둑 작은 배 의지하여
신주에 다시 발길을 돌리네

옛 기와는 태평성세 증언하고
늘어진 소나무는 기품을 더하네

서급

운남성 징강현 푸른 꿈을 안고 서울 개봉에 왔네
청명상하 변경에는 사방에서 물산이 넘치고
나귀는 수레 끌고 낙타는 서역 진보 나르네
황상의 섬세한 기품 이어받아 서화가 무르익고
주군과 신하의 조화로 송나라 문치주의 꽃 피었네
주군의 명 받잡아 정사 모시고 큰 바다를 건너는데
고려국이 어디인가
바다는 거칠고 사방은 망망대해 큰 바람 피하고
돛을 활짝 펴니 쏜살같은 배는 벌써 가거도
고려국 접어들어 흑산에 도착하니 관리들 반겨주고
새벽 항해 군산정 도착하니 송방은 우리를 인도한다
이역만리 지친 노독은 하루를 더하는데
안흥정 물길은 험하구나
자연도 접하여 제물사에 제사 지내니
어촌 옛 동료들은 나그네를 반기네
급수문 지나 합굴 용사에 다다르니 마을은 펼쳐지고
분수령 지나니 고려국 개경 아련히 보이는 구나
예성항 얼마나 꿈꾸었던가 신주 객주 정박하니
벽란정은 편안한 안식처 제공 하네

고려국 풍경 화폭에 담아 이곳저곳 그려내니
황상께 바칠 귀중한 선물이라
정강의 변 당하여 연기 가득한데 화폭은 온데 간데 없고
정들었던 황상도 이역만리 여진국에 고요히 잠들었네

벽란도

아라비아국 열라자(悅羅慈),
하선(夏詵), 라자(羅慈)
일본국 대일(大一),
송정득(松正得), 칠랑(七郎)
여진국 오걸매(吳乞買),
파극사(巴克斯), 혁첨(奕湉)

예성항 벽란도는
세상 만물 쏟아지는 용광로
남만에서 상아 도착하고
여진국 호피 진진하니
아라비아 향료는 벽란정에
그윽한 향기를 더 하네

거란국 초조대장경 소리에
팔관회 연등 높이 걸고
아라비아, 일본국, 여진국, 거란국
사신들 불경 외우니
남만의 배 돛을 올리고
항구에 도착하는 구나

벽란정 뒤돌아 포목점에
비단, 차, 도자기 가득하니
하두강 찻집에는
만리 천주, 복주 소식이 전해지고
회회아비 흥타령에
여진인, 일본인 즐겁게 춤추네

송나라 명주에 가는 뱃길이
얼마나 멀었던고
예성항 수박희 보니
서산의 해는 뉘엿뉘엿
날 새면 황상 알현하러
삼십리 수레길 따라
개경에 간다네

안흥진 능허대

그대는 천만년 역사의 숨결을 간직한 고독한 묵객
마도 안흥정은 태평성세 그 날을 증언하고
안흥량에는 수천 년 세상의 뱃사공 모여들었지
능허대 옆 주막에는 송나라 상인 비단옷에 밤새 노래하고
조운선, 청자선 뱃사공은 막걸리 한잔에 거친 물결 달랬지
송나라 동전 아직도 쏟아지니 그날의 영화인가
능허대 백운정은 묵객 선비들의 시상대
팔도 문필들 구름처럼 모여들어 안흥량에 운을 띄우니
술 한잔에 부귀영화 허무하게 씻겨가네

만주사람

대흥안령 산맥은 만주 벌판을 가르고
그곳에서 만주인들은 말달렸다
사냥하고 전쟁하며 팔기군 만들고
몽고인과 어울려 큰 부족 이루었네

준가르 정벌하고 갈단족 축출하니
만주 산하는 강하여 지더이다
이자성 중원을 흔들고 팔기군 입성하니
자금성은 신세계라 만주어 금박 입힌다

북경은 차 비단 곱고 한인도 아름다워
비단옷 입고 한어 배울제 열하도 잊지 못하네
삼번으로 세상이 어지러워 그 기상을 더하니
사고전서 강희자전 자랑스럽게 이루었네

산하는 문예부흥으로 물들고 세상은 풍요로워
주나라 진나라 한나라 당나라 유적 돌아보고
그 옛날 역사흔적 되돌려 학문으로 고증하니
만주사람 이제는 중원의 주인이 되었구나

탐라 몽고인

한라산 올라 서귀포 오름 바라보며 역사를 읽는다
산은 오름으로 이어지고 곳자왈은 푸르렀네
유자 향기 뒤엉키고 목장은 말테우리 호령소리
김통정 장군 항파두성에 고려군, 몽고군 싸우더니
이제는 흔적만 남았네 아주 옛날 몽고인 성산 일출봉에
말을 놓고 초원을 가꾸었다
몽고사람 말을 부르는 휘파람은 이국의 소리
말 새끼 받고 키울 때 목초지는 섬을 두르고
몽고인 고려인 마을 이루니 목호는 주인 되었다
원나라 백백태자 궁궐 쌓고 살아 갈 때
남원 말테우리는 목호로 번성하고
탐라녀는 하치와 혼인하여 모두가 하나 되었다
고려군 상륙하여 샛별 오름 밝은 오름 전장되니
몽고인 따뜻한 남쪽 범섬에서 최후를 맞이 하였네
유자꽃, 유채꽃 따뜻한 탐라는 몽고인의 옛 고향

통신사선

바다에 띄워진
물바가지처럼 둥실둥실
바람이 불면 뱀 같이
구불구불 항해하며

멀미하는 일행들은
사공만 바라보며
육지를 그리워한다

지금쯤 올 시간인데
소식 없이 기다리는 이는
긴긴밤을 오늘도
용왕님께 마음을 고한다

깊이 잠든 꿈에
옛 벗을 만나 언제 그랬던가
웃으며 날이 밝아온다[2]

---

[2]   국립해양문화재연구소 홍순재 지음. 이 시는 『조선통신사 400년의 여정 전
시회』 출품작을 인용하였다.

제주 대정현

모슬포 해안가
검은 현무암에 돌하르방 세우니
대정성 안에 姜, 趙, 邊, 秦
마을을 이루었네

밀대모자 갈옷 입고 밭을 매면
남풍은 불어오고
산방산 잣나무, 난초 꽃은
안개 속 수묵화

송악산 오솔길
몽고마는 수선화 되새김질 하고
강도순의 집 탱자우리
완당선생 수심은 깊은데
소나무 초가집 세한도 속에
학예일치 이루었네

완원 선생 학문 세계
탐라에도 흐르는가?

대정현 대야수 연변에는
네덜란드가 펼쳐졌다
헨드릭 하멜 일행
스페르웨르호에 몸을 싣고
대정에 난파하니
역관 벨테브레는 고향을 묻고
화란 사람들 눈물로 답하네
낭가사키 어디인가?

사자바위

사자 그대는 수만년을
눈물로 삭여온 부처님

개경 가는 배 난파할 때
처절한 몸부림 뒤로하고
세상과 이별하는 아픔도
억만 겁을 보았지
사자 자네는 수만년 목격자
오늘도 나이아가라 위에
목탁을 치고 있네

그대는 수군들의 안식처
지금도 기도하고 있네
왜군 들어 올 때
판옥선 거북선에 응원하고
세곡선 지날 때
안흥진 수군 도와 주었지
폭포수 물살 밀고 당기고
사자가슴 졸인다

그대는 곡암낙조에
희망을 전달하는 전도사
조기잡아 만선 배 도착할 때
신진도 선창에선
저녁노을 덩실덩실 춤추고
능허대 옆 주막집엔
막걸리 홍어국 익어가네

삼별초의 꽃

우삼번별초 김영공님 강도에 나라님 받들고
몽고 사람은 들어오라 소리 치네
황상님 배 타고 승천포에 당도하고
삼별초는 일천척 배에 몸을 실어 남하 하니
수천리 물길 용장성은 어디인가
울돌목 돌아 벽파에 당도하니
숭산행궁 빼어 닮은 궁궐은 승화후 모시고
풍성한 보배의 섬은 넉넉함을 자랑하네
몽고군 모여들어 벽파에 진을 치니
배 장군 군사모아 금갑진에 다다르고
배는 화북진 향해 돛을 높이 올리네
김 장군 높이 쌓은 장대에 기개를 높이고
불화살 쏘며 장열히 산화하였네
삼별초 모두 모여 신세계로 떠나가니
오키나와 쿠스쿠에 고려국 꽃 피었네

송나라 상인

복건성 민강에 파초는 파릇파릇
유자나무 푸른 강가에 노릇노릇
흙 개고 성형하여 장작불 놓으니
건요 의요 가마터 붉게 물들었다

지게지고 도자기 담아
신주 객주 민강에 띄우니
복주 천주는 시박사 회회아저씨 마을

정도매상, 진도매상, 등도매상
송나라 상인 도처에서 모여드니
배는 돈 실러 가는 마차
도자기, 비단, 후추, 상아 가득 싣고
돛을 펼치니 물살은 험하고 고려국은 어디인가

천주 상인, 남만 상인 수만리 뱃 길을 묻네

태안선

할아버지 흙 다듬고 손자 나무하고
아버지 그릇 만들어 불 지피니
천상의 비색 예술이 찬연하다

최대경매 사기그릇 삼 만점
앵무새는 춤추고 연꽃은 만발 하였네
목간에 이름 쓰니 주인을 알아보고

태안선 돛을 올려 개경을 향하니
천리 바닷길 도처에 서러움 가득차고
태안 앞 바다 깊은 곳에 안식처 틀었네

팔백년 세월 차디찬 사자의 입에선
부처님 향불 타오르고 참외 주자는
어둠속 푸른 빛 약주를 토하고 있네

마도 1호선

고려 김순영 대장군 나랏일 치세로 수놓고
개경 봉은사, 흥국사 연등은 팔도를 꽃피우니
정묘년 고을 마다 최충헌 대감 고이 받든다

수령현 향리 송춘 국화꽃 주전자 구워내고
죽산현 향리 게장 담고 고등어 젓갈 우려내어
콩 열섬 메주 열섬 배에 실으니 언제 다시 돌아올까?

이 배는 난행량 지나고 급수문 쉬어 가는 배
해질녘 태국사에 향 피우고 안전항해 기원하니
능허대 휘돌아 안흥량 수군은 조운선 반기네

난행량 거친 바다 안흥정은 말없이 바라보고
험한 물살 수군도 물러나니 배는 회오리 따라 잠기었다
후망봉 망대는 연기를 토하고 봉수군은 한숨만 짓고 있네

잠수부

호흡기 두르고 납 벨트에 무사 납시었다
다리는 휘청 탐침봉은 더듬더듬
한 마리 양이 아우성친다

줄 타고 내려오면 암흑 속 여기가 지옥인가
물살은 내리치고 호흡기에 생명을 애원한다
몸은 쭈글쭈글 찢어지고 천년의 역사가 올라온다

물속 한숨 깊게 마시니 갯벌이 피어나고
비색 청자 희미한 햇살에 연꽃이 만발하네
천년 색시가 살을 내밀고 잠수부는 포옹한다

신진도 수군

신진도 범 마을에 장대 높이 쌓고 기와집도 지었다
밥 짓고 빨래하고 비탈진 곳에 우물도 팠다
돌을 올리고 성을 쌓으니 이곳은 태평성대라

안마을 기왓장 새금 파리는 유구한 수군의 역사를 썼다
고래로 높으신 첨사님 오시고 왜구 물리치며
강도를 안전하게 구원하셨다

신진에 골탕 끓이고 적송을 켜서 배 만들고
거북선 판옥선 병선 포를 쏘니
안흥량 앞바다 서해를 포효 한다

난행량 뱃사공 계수나무 꽃 떨어지듯 지니
향을 피워도 밤은 깊고 춘산은 적막하다

오늘도 수군은 부처님처럼 뱃사공 구원한다

2부
섬진강에서

고향냄새

봄은 뻐꾹새가 소식을 알린다
뻐꾹 뻐꾹 번개재 넘어 울어대고
먹굴 아재는 쟁기지고 맞는다

여름은 연꽃 향기 불국정토
연꽃 피어나고 저녁노을 짙은 오후
개그마리는 아재의 막걸리에 춤을 춘다

가을은 꿀럭 꿀럭 발동기 소리 경연대회
소년들 발동기 연기 따라 모여들고
저녁 들판은 타작소리에 사라진다

겨울은 쇠죽 냄새 진동하는 마을잔치
쇠죽에 무청 죽제 지푸라기 썰어 넣고
풀무질하면 소를 위한 향연에 뒤 덮인다

谷 城

내 고향 곡성은 섬진강을 옛날로 조물주가 펼쳤다
구석기 돌을 갈아 강에 수놓고 사냥도 하였다
섬진강 푸른 물줄기 위로 역사는 그렇게 흘렀다

오곡, 고달 고인돌은 강에 펼쳐진 역사책이다
고인돌 옆에 귀틀집 짓고 귀리농사 수수농사 지었다네
노을 가득 섬진강에는 풍성한 물고기 잔치 벌였으리

죽곡, 목사동은 보성강이 가르는 물위의 전원이다
봄이면 죽순에 여름이면 풋고추에 가을이면 산채에
보성강 오룡정, 태안사 길은 구법의 선문 길이다

곡성읍, 입면, 옥과는 선비들의 풍류가 살아 있다
섬진강 펼쳐진 벌판 사이로 동산정, 함허정 풍류가 있다
여기에 선비들 모여 막걸리 한잔 운을 띄웠으리

곡성에는 언제나 유구한 역사가 꿈틀거렸다
돌도끼, 고인돌, 화살촉, 말무덤 모두가 역사의 증언대다

그대는 박물관, 나는 큐레이터

돌정제 고인돌

할머니 따라 섬진강 돌정제 밭에 갔다

살피돌 여기저기 어지럽고 찰수수 고개 숙였다
나는 밭고랑 옆 고인돌 위에 기어올랐다
수천년의 세월을 가슴에 품었다

할머니, 할머니의 할머니
할머니의 할머니의 할머니

얼마나 많은 소년들이 이곳에 왔을까 나는 이제 알았다
세월은 그렇게 흘러 왔다는 것을 고인돌은 그렇게
전설이 되어 왔다는 것을

돌정제 고인돌 구릉에는 안식처 같은 편안함이 있다
이곳은 수천년 전 조상님들이 터 잡은 보금자리
수수심고 움막짓고 고기잡고 토기굽고 사냥하고

돌정제 고인돌은 지금도 섬진강 따라 흐른다

우리 동네 신작로

동네 신작로에는 계절이 익는다
딸기 메론이 계절 마다 영글고
메론은 은어 향기요 딸기는 동삼이며
코스모스 향기는 허수아비도 춤추게 한다

신작로에는 희망이 있다
만주 신경에 무명 배 팔러가던 길
서울 가서 돈 벌어 오던 길이며
새벽밥 먹고 학교 가던 길이다

신작로에는 낭만이 있다
원두막 풋고추 된장에 보리밥이 있고
소 몰고 쌀이고 돈 벌러 가던 길
연지곤지 가마타고 시집가던 길이다

도개집 막걸리

도개집은 날마다
누룩향기 품어내고 있다

마을 물들이는 술 익는 냄새
해질녘은 누룩 냄새 비가 내리고
흥에 취한 배달 자전거
비틀 비틀 동네를 달린다

우리 마을 주막집은
아재들이 모이는 사랑방
이야기가 익어가고
도개집 막걸리 춤춘다

나는 농주 받으러 주막집에
들리곤 하였다
동전 일백냥 주전자 가득
받아 오는 길은 먼저 취한다

큰댁 경사에는 진한 막걸리에
지짐이 아롱거린다
홍어 미나리무침에
막걸리는 제격이다

덕석 풀고 젊은이와 늙은이
상하로 늘어 앉아 취하고
석양에 노래하며
흩어져 집으로 돌아간다

농부찬가

농부는 사계절을 부리는 마술사
봄이면 동군의 신비함을 부리고
여름이면 적제의 풍성함을 가져오네
가을이면 오곡에 배불리 노래하니
겨울이면 따뜻하고 행복하다네

농부는 사계절을 따르는 공자님
절기에 순응하여 씨뿌려 김매고 추수하고
춘하추동 만물의 변화에 박자를 맞추고
소박한 농사지어 관혼상제 예절을 다하니
어찌 공자님이 아니겠는가?

발동기

70년대 우리 마을에 보리타작 발동기가 들어왔다
두 바퀴에 크랭크축이 직선 운동하는 신식물건이다
새벽 아침 어머니는 김치 담고 감자 삶고 술을 퍼낸다

아침 일찍 아재는 기름 물을 발동기에 붓었다
칙칙 칙칙 발동기가 힘을 내면
벨트에 물린 탈곡기가 보리를 물고 돌아간다

신식 타작이다

장에 가면 기름도 사고 모비루도 사고 뿌라그도 산다네
모비루 연기에 홀린 아이들은 자꾸 모여들고
아재는 아이들을 참새처럼 멀리 쫓는 다네

발동기 돌아 곡식은 쏟아지고 황금들판 사라지네
농주 한잔 해질녘에 온 동네 땀으로 피어나고
흥타령에 남녀노소 덩실덩실 집으로 돌아가네

우리집 아재

설날 아침에 강건너 대평리 마을에서 아재가 왔다
우리 집 아재는 귀가 어둡지만 나를 무척 좋아한다
설빔 새로 입고 지게 망태기 만들어 달라고 보챈다

모판에 우리 아재 아침은 잘잘한 부지런함이 넘친다
모줄 넘어갈 때 모내기는 즐거운 노래자랑
갈치 굽고 김치 담고 논두렁 잔디밭은 배불리 넘치고
막걸리 타령에 해 넘어 간다

가을에 우리집 아재는 천마산 포리 똥을 선물한다
아재는 대나무 벤또 지게에 걸치고 천마산에 오른다
나무 한 짐에 포리 똥 가득 싣고 오니 왕자의 선물이라네

우리 집 아재는 새끼를 잘 꼰다
나는 아재들 사랑방에 앉아 구들장 따뜻한 고구마 향기에
새끼를 꼰다 왼 새끼줄 꼬아 가마니 덕석도 잘 만들어야지

한겨울 눈 오는 밤 꿈도 영근다

장날에는

오월의 장날은 안개가 짙은 섬진강길 새벽이었다
할아버지 새벽밥에 소 몰고 짚 태우며 출발한다
황소는 풍경소리 울리며 그렇게 새벽을 열어 가고
쌀개 아저씨 구루마에는 곡식을 배불리 실었다

오늘 새벽길은 십리 오일장 가는 길
장꾼들은 이고지고 신작로 어둠을 가른다
삽살개는 번갈아 꼬리를 흔드는데
새벽 수레는 비몽사몽 소년을 깨운다

오일장은 새 소식을 싣고 몰려드는 이산가족 상봉장
오룡정 딸 시집보낸 할머니는 만남에 얼굴 활짝 피고
되박 치는 싸전 샛몰댁은 동생 소식에 가슴 설레이며
풀빵 팥죽 향기가득 천막에는 소년이 보챈다

장 어귀에는 동동 구루무 장사 장단에 원숭이 춤추고
엿 파는 아저씨는 가위소리 드높게 흥타령을 한다네
황소 누렁이 팔아 지전 가득한 할아버지 지갑 무겁고
가마솥 순대 막걸리 한잔에 사돈들 이야기꽃 피웠네

해질녘에

목동리 해질녘은 뇌동 하나씨 망태기 메고 고무신 끄는
소리
　샛몰 아재는 배부른 황소와 나무지게 메고 언덕길을 넘
는다

　소년의 채찍에 염소떼 흙담 길 돌아 집으로 들어가고
　어머니는 보리밥에 아욱국 끓여 저녁을 내신다

　모구불 피우는 아재는 된장국에 하루 피로를 달래고
　소년은 아재 옆에 앉아 풀지게 만들어 달라고 재촉한다

　뉘엿뉘엿 저녁노을 바라보는 황금 들판은 민물고기 잔치

　임센 투망 소리에 물고기 저녁을 살지우고
　고모 집 부엌에는 도랑친 미꾸라지 꾸물거린다

섬진강길

섬진강 길은 머세 고추밭 따라
목동으로 이어지고
이 길은 할머니 가마타고 시집오시던 길

지금은 아련한데
장다리꽃은 그 옛날의 영화를 보여주고
향기는 추억이 서려 있네

둥둥바우 뒤돌아 선머슴아 물장구에
삼촌의 낚시질이라

동산리 모래밭에는
천만년 금빛 모래 이어지고
은어 쏘가리 피리는
맑은 물에 시를 쓰네

독바우 고인돌은
가을햇살 벗 삼아 사색을 하고
새 밑 옛 무덤은
수 천년을 증언 하네

섬진강은 고인돌과 말 무덤에
역사책을 썼다

천마산

천마산 기슭에 오르면 섬진강
우리 마을 보인다
춘향이 광한루
지리산 산수유 마을도 보인다

불국정토에 연꽃가득 피면
연왕사엔 붉은 노을 가득

천마산 기슭은 천왕봉 바라보는
장대 높은 봉우리

가야 군인 주둔하고, 마한 사람
백제 사람도 살았다네
섬진강에 왜군 올라오면
봉수 연기도 피웠으리

천마산 기슭은 군인 가득하고
토기 굽는 도공도 일했었지
가야 토기, 백제 토기
제 각기 자태를 자랑하네

천마산에 올랐네
세월은 흘러도
옛 무덤은 그대로 일쎄

묘지명

양지바르고 잔디 단정한
나의 묘지에는 무엇을 적을까
평생 지워지지 않는
나의 묘비에는 무엇을 적을까

봉분 없는 묘지에
다음과 같이 새겨 주오

아프도록 사랑하였는가
원하는 일 후회 없이 다하였는가
인생길에 이웃을 도왔는가
동료와 진실하게 교우하였는가

북망산 가는 길에 장미꽃 한 송이를
그리운 당신에게 바치고 떠납니다

희망의 나라로

해질녘 양떼 가득히 풀을 뜯고
하늘은 산들바람 가득하고
사랑하는 이와 연한 눈웃음으로
강줄기에서 사랑을 나누며
이슬처럼 이마의 땀을 씻어 주는
그곳에서 살고 싶다

부모님 곁에서 맛있는 음식 봉양하고
불경소리 끊이지 않는
연꽃 향기 가득한
불국에서 살고 싶다
불국에는 아픔도, 시련도,
좌절도, 이별도 없겠지

날마다 경건히 기도하고
젖과 꿀이 흐르는 그곳에서
친구와 연인 부모님 같이 모여
오르간 은은히 흐르는
아픔도, 시련도, 좌절도, 이별도 없는
편안한 그곳에서 영원히 잠들고 싶다

3부

그리운 내님이시여

어머니

따스하게 웃음 넘어 지으시던 우리 어머니
오늘 같은 날에는 정말 보고 싶습니다

정월대보름 밝은 달 웃음 지으시며
오실 것 같은 나의 어머니
오늘은 젓갈 김치 절여 담아 오시나요
왜 이리 더디 오시는지요

먼 길 돌아와 어머님 곁에 무릎 꿇고
가슴조이는 나는 시골집 꽃길 따라
어머니 향수인양 가슴이 메입니다

아지랑이 진달래 하늘하늘 넘치던 봄
소풍 가던 날 도시락 싸서
먼 길 오시던 나의 어머니
이제야 어머님의 향기로 다가옵니다

고무신 사고, 풀빵 사서
보자기에 담아 오시던 어머니
동네어귀에 기다리던 어린자식의 설레 임이
이제야 어머님의 간절함으로 다가옵니다

어머니 먼 길 가시더니
언제나 정월 대보름만 돌아오면
뼛속까지 그립습니다
미치도록 보고 싶습니다

생각나는 사람

모든 것 다 드리고 싶습니다
아름다운 당신께 드리고 싶습니다
당신은 전부니까요
당신의 미소에 살아가니까요

아사코와 같이 예쁜 당신
오늘도 내 곁에 있네요
오늘도 당신이 사랑스러워
살며시 미소 짓습니다
그러나 미소를 잠재웁니다
더딘 밤 지새는 날 두려워
오늘도 웃음을 접어둡니다

당신 생각뿐입니다
남양의 바다속에서도
당신께 미소를 보냅니다
그러나 오늘도 나를 잠재웁니다

하얀 눈 내리네

설날 축복에 하얀 눈 내리네
오늘 다시 눈이 내리네
성탄 전야의 그 눈 아닌데
하얀 눈물이 다시 내리네
온 세상 하얗게 적시네
하얀 눈 다복 다복 쌓이네

봄날은 간다

새벽 안개 좌욱한 날
부드러운 살결을
세상에 처음 내밀었다
맑은 햇살 잔디에 뒹굴며
자연과 하나가 되었다

선머슴아 고무신 꺾어 신고
시냇가 보리밭, 밀밭 누비며
아름다운 그녀의 미소에
마냥 취해서 행복했다

봄은 우주 만물을
흔들어 대는 명약이다
가슴 설레이고 수줍은 그녀의
미소가 나비처럼 다가온다

진달래꽃, 벚꽃, 버드나무 춤추고
실개천 올챙이 살랑 댄다
버들피리 입에 물고 송아지 등에 올라
마냥 철없이 즐거웠다

이제 어머니 품속에 돌아와
황제처럼 누웠다
나의 봄날은 간다
세월의 흔적을 품에 안고 흘러간다

그대를 마음속 깊이 묻어두고
나의 봄날은 간다

기다림

기다림은 희망을 몰고 오는 묘약이다
나의 느긋한 마음으로 바라보는 여유이다
어머님 같은 그러한 너그러움이 있다

기다림은 미래를 포옹해 주는 힘이다
기다릴 줄 아는 사람은 멋이 있다
기다림 그것은 연인의 온화한 미소이다

기다림은 세상을 향한 몸부림이다
밤새워 고뇌하고 성찰하는 시간이다
우리는 기다림을 잊고 살았던 것 같다

잠에서 깨어

저녁 삼경 술 한잔에 깊이 취하더니
오늘밤도 문득 잠에서 깨인다
나는 세상 번뇌 모두 걸친 인생의 나그네
마지막 타오르는 장작이다

님이시여 지금 행복한 단잠에 들으셨나요
늦은 밤 잠들지 않으셨다면
그대 은하수 길 따라서 살포시 내게 오소서
내가 당신의 우등불이 되어 주리다

나의 누이처럼 사뿐 사뿐이 오소서
오롯이 그대를 맞이하리라
저는 오늘도 밤이 두렵습니다

내가 죽으면

머언날
내 인생을 후회 없이 살다가 죽으면
북망산을 혼자 찾아 갈 수 있을까
내 정들었던 가족과 친구들
마지막 하적하고
꽃상여에 사뿐이 누워
구슬픈 만가를 들을 수 있을까

뒤돌아 보면 인생길 나그네길
허망하고 덧없는 길
성냄도 필요 없고, 화냄도 필요 없고
재화도 필요 없고, 출세도 필요 없네

어릴적 코스모스 향기 가득한 신작로에
어머님 등에 업혀 가던 그 길
이제는 꽃상여 타고 가겠네
모두 다 버리고 이 길을 가겠네

돈도 필요 없고 명예도 필요 없고
그 길은 향기 가득한 코스모스길
어머님 따라서
꽃가마 새왕산 간다네

연꽃 필 때

중복 뙤약볕에
벼가 살랑살랑 익어가고
분무기 소리에
놀란 참새는 달아난다
샛거리 맞은 논두렁에는
막걸리가 무르익고

할아버지는 정자각에서
봉초 담배 피우시는데
철부지 손자는
무릎에 곤히 잠들었네
팽나무 늘어지고
송아지 되새김질 새글 새글

연꽃 방죽에서는
불국 향기 피어나고
온 동네를 뒤 덮었네
연왕사 대웅전에서는
부처님 향이 피어나는데

불국정토 극락왕생
부처님 미소 절로 나오고
동네 사람들 모두 모여 합장 하니
우리 마을에 부처님 꽃 피었네

다시 걷는 길

오늘 오후에도 교회의 종소리가
고요한 골목길을 적신다
이 길은 소년의 마음을 빼앗았던 길
백합같이 어여쁜 소녀를 만났던 길

행여 만날까 토요일 오후 동명동에
하얀 운동화 신고 다시 걷는다
소녀는 가고 없지만 그 미소는
빨간 벽돌, 향나무 곳곳에 남아있네

화사한 봄날 노란색 원피스 입고
동명동 골목길을 걷던 그 소녀
지금은 만날 수 없지만 교회의
피아노 반주가 나를 반기네

오늘도 교회 종소리가
고요한 골목길을 적시네

크리스마스이브에

흰 눈 내린 날의 고요함처럼
님을 위한 백합꽃처럼
크리스마스이브에는 사랑하고 싶다

십자가 앞에 선 간절함처럼
한 마리 울부짖는 야수처럼
크리스마스이브에는 사랑을 고백하고 싶다

세상 고뇌 다 버리고 이제는 넉넉히
주님을 기도하는 마음으로
크리스마스이브에는 다시 경건하고 싶다

향나무 열매

해

국회에서

민초들의 아우성 펼쳐지던 날
막걸리 연속 마시고 취했다
송곳 꽂을 땅만 있으면 좋을 텐데
한나라 고조의 말이 생각난다

논 두 마지기, 비닐하우스 한동
누런 벌판의 벼는 멸구가 집을 짓고
하우스는 태풍에 덜렁덜렁
들판의 허수아비도 누워버렸네

마이크 잡고 미사여구 높여도
선거판 민초들의 얼골은 시베리아
한 여름의 뙤약볕에서
지게 메고 해골 되리라

목련화

오 내 사랑 목련화야
그대 내 사랑 목련화야
희고 순결한 그대 모습
봄에 온 가인과 같고

추운 겨울 헤치고 온
봄 길잡이 목련화는
새 시대의 선구자요
배달의 얼이로다

오 내 사랑 목련화야
그대 내 사랑 목련화야
오 내 사랑 목련화야
그대 내 사랑 목련화야

그대처럼 순결하게
그대처럼 강인하게
오늘도 내일도 영원히
나 아름답게 살아가리

오 내사랑 목련화야
그대 내 사랑 목련화야
오늘도 내일도 영원히
나 아름답게 살아가리라[3]

---

3) 이 시는 저자의 평생 은인이자 후원자였던 경희대 설립자 美源 조영식 박사
    께서 작사 하고 김동진 교수가 곡을 붙인 가곡이다.

역사 앞에서

그날 새벽은
어머니와 세 형제자매들
솜이불 덮고 부들부들 떨었다

열세살 나는 새벽 라디오
투항 방송에, 외국어 방송에
부들부들 떨었다

새벽 총성은 골목에 콩을 볶고
아침엔 부러진 M1 개머리판이
골목 어귀에 너즐했다

누가 누구를 죽였던가
왜 죽였던가
나이 삼십이 되기까지는 몰랐다

세상엔 비밀이 없었다
세월이 흐르면 진실은 살아나고
이제는 그 아우성이 무슨 뜻인지 안다

나는 아직 빚을 많이 지고 있다

이웃들의 아우성에
치유되지 않은 빚을 지고
아프게 살아가고 있다

좋아했던 그이

그이는 술을 잘 마셨다
후배들도 많이 따랐다
격식을 따지지 않았다
자유로운 사람이었다

그이는 아픔이 많았다
술 마시면 엎혀 나갔다
삶과 죽음을 넘나들었다
그날 밤은 역사를 썼다

세상은 저버리지 않았다
그 힘은 청렴 이었다
세상 앞에 떳떳하였다
그이가 자꾸 생각난다

젊은그대

그대는 프랑스 데카르트
이성과 로망 간직하고
모든 이의 마음 열었네

뜻을 이루고자 함께 하였네
모두가 그를 따랐네
가난한 한줄기 理性의 힘

나를 돌이켜 볼 때 마다
언제나 그대가 생각나네
실핏줄 같은 젊은 그대

그대 나이는 서른 여덟
가난한 한줄기 理性의 힘
세상을 빛으로 바꾸었네

三正行

正知

인생은 번민이 필요하다
시행착오가 필요하다
격물치지의 오랜 경험이 필요하다

正判

지혜로운 판단은 상큼한 오월이다
모든 것을 약속하는 해결사이다
이것저것 밤새도록 아파 보아야 한다

正行

正知, 正判에서 나오는 지혜이다
자신감에서 나오는 떳떳함이다
청렴함과 겸손함에서 비롯되는 힘이다

사나이

지하실에는 불빛 어둑하고
누가 담배 하나를 건넨다
죽음이 경각에 있는데
의연히 고개를 숙인다

전기고문 신음소리
생명의 간절한 시선을 보낸다
사나이 고쳐먹었으면 그만이지
내 당신을 도와주겠소

좌우익에 아까운 젊은 목숨
꽃처럼 흩어져 나가고
죽음 앞에 선 의연함이
사나이 마음을 움직였네

한순간 사나이의 용서
시간이 흘러 역사가 되었다

1949년 이별

어머니도 돌아 가셨다
형님도 총에 죽었다
계급장도 날라 갔다

사랑한 연인도 떠났다
그녀 찾아 한없이 방황했다
세상엔 희망이 없었다

연인은 그를 떠나갔소만
그녀 마음 온전하였겠소
아쉬운 1949년의 이별

한없이 울었다
서러워 울었다
술독에 찌든다
숨쉬기 힘들다

1949년의 이별은
또 하나의 별이 될까?

막걸리 친구

노란 배추에 된장 찍어
막걸리 마시는 날은
언제나 친구가 있었다

머리에 넥타이 두르고
반바지에 런닝구 입고
친구에게 뽀뽀를 해댄다

돈 없어 늘상 외상 막걸리
매달 월급봉투 모두 털려도
막걸리 친구 안주 삼는다

세상 번뇌와
죽음이 앞에 어른 거려도
김군, 박군, 한군 버팀목이 되어준다

호연한 기개로 새 역사 창조의
동반자가 되어준다

휴전선

155마일 휴전선
이제는 깨져라 폭삭 깨져라

팔천만 우리국민 힘을 합쳐
나라도 만들고, 공장도 짓고
우리는 왜 못하는가?

개성 가서 선죽교 넘어
만월대에 시 짓고 달맞이 하자
벽란도 가을 경치에 흠뻑 웃어보자

평양 보통문 올라 만세 부르자
대동강에 배 띄우고 뱃놀이가자
보라는 듯 환희의 폭죽을 쏘자

금강산 구룡폭포, 장안사, 만물상
모두 우리의 역사이고 땅인데
철조망 부수고 당당히 걸어가자

껍데기는 모두 가시오
알곡만 오시오
당당히 세차게 오시오

삼팔선 그었던, 아픔도 그었던
외세도 가시오
이데올로기도 가져 가시오
몽땅 다 가져 가시오

해설

사랑의 정조(情操),
서정의 계보

사랑의 정조(情操), 서정의 계보

-진호신 시인의 시를 읽고-

이윤선(작가)

사서오경의 첫 번째 경전은 『詩經』이다. 문학의 대명사 시(詩)라는 말이 여기서 왔다. 전하는 305편 중 160편이 여러 나라 여러 지방의 민요다. 국풍(國風)이라 한다. 오늘날로 말하면 연애 노래 같은 것이다. 구구절절 애틋한 사랑의 노래다. 무엇에 대한 사랑인가? 서로의 결여에 대한 갈망으로서의 에로스, 쌍방의 호의적 교환으로서의 필리아, 하지만 무엇보다 두드러지는 것은 조건 없는 아가페적 사랑의 혼화(混和)요 혼융(混融)이다. 어느 한 편만을 들어 시경의 사랑을 규정하는 것은 편견이다.

마음이 동하니 입을 열어 노래하고 몸이 동하니 팔다리 흔들어 춤을 춘다. 때때로 북장고 거문고 더불어 울리니 천지가 공명한다. 내가 선 자리의 터를 울리고, 호흡하는 허공의 공기를 울리며, 산천의 기운을 울려 이내 발화의 기점으로 수렴한다. 시경에서 노래한 풍요(風謠)의 본질이 이와 같은 것이다. 치마 걷고 강 건너는 여인을 노래하지만, 정치와 질서를 노래하는 것이요, 상고시대의 왕을 노래하지만, 연인의 입술을 노래하는 것이다. 구술시대의 문학이 신화와 현실을 구분 짓지 않고 꿈과 현실을 나누지 않았던 까닭이 여기에 있다. 장자의 호접몽(胡蝶夢)이 그렇고 독일 천문학자 뫼비우스가 고안한 띠가 그러하다.

진호신 시인의 시편들을 받아들고 내가 느낀 소회가 이와 다르지 않다. 해양발굴에서 건져 올린 역사 이야기와 고향 섬진강 이야기, 애절한 사랑의 이야기와 지나온 삶의 이야기들이 사실은 구분되지 않는 한 덩어리이기 때문이다. 땔나무꾼인 내가 생각하는 시는 정교하게 직조된 모시 같은 것이 아니라 삐뚤삐뚤 엉기고 성긴 무명베 같은 것이다. 하늘빛 받아 천길만길 스며드는 푸른빛 청자가 아니라 가마에서 내리눌려 삐뚤어진 비대칭의 옹기 같은 것이다. 둔탁하고 성근 필체로 일필휘지하거나 거친 표면을 다듬지 않은 분청같은 것이다. 가도 가도 황톳길 남도땅의 거친 흙들을 꾸미지 않은 숨결 그대로 빚어낸 고대의 토기 같은 것이다.

예컨대 사랑에 눈먼 사람이 토해내는 노래가, 격무에 지친 노동자가 내쉬는 숨결이 결코 한 올의 오차도 허용하지 않는 직조의 방식이겠는가? 그럴 수는 없다. 그렇다면 그것은 이미 노래가 아니고 시가 아니며 문학이 아니다. 에로스적 사랑이 가슴에 잔뜩 들어 있는데 어찌 호흡마다 요동치는 격정과 변심과 혹은 충

동과 우울들이 정리된단 말인가. 격무를 끝내고 휴식을 취하려는데 어찌 직장에 대한 충심과 회의 혹은 날선 계획과 포기 같은 것들이 정돈된단 말인가.

마음은 마치 꿈과 같아서 시간을 뛰어넘고 공간을 뛰어넘고 사람을 뛰어넘고 자연을 뛰어넘는다. 때로는 천길 물속을 헤엄치다다시 하늘 꼭대기로 날아오르기도 하고 우주의 심연을 유영하다현실로 돌아오기도 한다. 내가 생각하는 시의 본질은 이 마음을노래하는 것일 뿐이다. 굳이 씨줄날줄을 엮어 직조할 필요도, 격조와 운율에 맞춰 행렬을 정리할 필요도 없다. 틀거리에 맞춰 조형할 필요도, 갖은 장식을 동원해 꾸밀 필요도 없다. 다만 마음이동하는 대로, 몸이 움직이는 대로 노래하고 춤출 따름이다. 이런빈틈을 허용하지 않는다면 어찌 그것을 시라고 하고 노래라 하며문학이라 할 수 있겠는가.

죽은 시인의 사회라는 언설이 있다. N.H클라인바움의 소설이자 영화 제목이기도 하다. 출세만을 고집하는 교육현장을 비판하는 것은 물론, 천편일률 상류사회를 지향하던 청소년들에게 나침반이 되었던 책이다. 졸업생 70% 이상이 미국의 최고 명문대학으로 진학하는 웰튼 아카데미에서 일어나는 혁신을 다룬 걸작이다. 인생의 목표와 이 목표에 대한 정당성조차도 부모로 대변되는 기성의 체제가 결정해주는 사회에서, 학생들 스스로 생각하고스스로 소중하다고 느끼는 것에 주목하며 스스로 인생을 개척해

가는 것이 얼마나 중요한지를 일깨워준 소설이다.

여기서 말하는 시인은 무엇일까? 도대체 산다는 것 혹은 살아 있다는 것은 무엇일까? 편협하여 획일화된 것은 죽은 시인의 사회에서 말했던 교육뿐만이 아니다. 정치와 관료와 학계와 문화계를 망라하는 어쩌면 영원히 해결되지 않는 딜레마일지도 모른다. 하지만 우리가 때때로 살아 있다고 느낄 수 있는 것은 다른 것은 다 놔두고라도 이 빈틈을 허용할 수 있기 때문이다. 마음에서 일어나는 것들을 비틀지 않고 노래할 수 있고 퇴근 후 허름한 술집에 앉아 이 노래를 기록할 수 있는 것만으로도 성공한 인생 아닐까? 스스로에게 정직해야 시를 쓸 수 있고 시공을 더불어 공명할 수 있기 때문이다.

> 아프도록 사랑하였는가
> 원하는 일 후회 없이 다하였는가
> 인생길에 이웃을 도왔는가
> 동료와 진실하게 교우하였는가
> 북망산 가는 길에 장미꽃 한 송이를
> 그리운 당신에게 바치고 떠납니다.

『묘지명』 뒷부분이다. 1부 '역사의 뒤안길에서'가 해양을 기반 삼은 역사 이야기 중심이라면 2부 '섬진강에서'는 고향에 대한 그리움 혹은 찬가라고 할 수 있다. 하지만 유년 시절의 고향마을을 그리며 햇살 잔잔한 섬진강을 노래하는 것이 비단 시인의 고향이 섬진강이어서만은 아닐 것이다. 섬진강은 시인의 마음에서 일어나는 원형의 뱃길이자 이것과 저것을 연결해주는 교량이다. 그런 점에서 상하좌우의 격절 없는 공명(共鳴)을 노래한 것이 '묘지명'이다.

3부의 '그리운 내 님이시여'가 따로 떨어진 사랑 이야기가 아니라 결국은 본원적인 노스탤지어라고 생각되는 이유도 여기에 있다. 만해 한용운의 '님'을 에로스적 사랑이 아닌 나라에 대한 아가페적 사랑으로 해석하는 이유도 아마 그러할 것이다. 시인이 말하는 '그리운 내님'은 죽도록 사랑했던 에로스적 연인이기도 할 것이고, 진실하게 교우하거나 도움을 주었던 이웃과 동료이기도 할 것이다. 아니면 1부에서 노래한 해양문화 기반의 역사이기도 할 것이다. 섬진강에서 시작한 뱃길은 4부에서 노래한 직장의 환기로 이어지기도 하고 동서고금의 아시아 물길을 돌아 심중의 뱃길로 환원된다. 이것이 아가페적 사랑이 아니면 무엇이겠는가.

진호신 시인과 내가 교우한 것은 오래되지 않지만 이런 진솔한 이야기들을 노래할 수 있다는 점이 고무적이다. 시인은 본질적으로 선하다. 선하지 않고 정직하지 않으면 시를 쓸 수 없다. 사서오경 중 시경을 으뜸으로 삼는 이유도 이와 크게 다르지 않을 것이다. 마음속에 품은 것들을 끄집어내는 기술도 기술이려니와 마음 움직이는 대로 꾸밈없이 풀어낼 수 있으니 상고 이래 전승해오는 사랑 노래의 계보를 이었다 할 만하다. 더구나 고대의 바닷길에서 길어 올린 웅숭깊은 역사 이야기를 입담 좋게 풀어냈으니 이또한 시경의 풍요를 이은 정조(情操) 아니겠는가. 아마 이후에도 해양기반의 역사 이야기를 서사시로 풀어내리라 기대하지만, 시의 본질이 서정시라는 것만큼은 변하지 않는다. 나는 다만 부러워한다. 때때로 그가 만든 빈틈으로 격무에 지친 동료들과 이웃들과 그리고 무엇보다 '그리운 그님'이 술 한잔 기울이는 풍경을.

역사의 뒤안길에서

2022년 4월 10일 초판 1쇄 발행
지은이 진호신

펴낸이 권혁재

편 집 권이지
디자인 이정아

인 쇄 성광인쇄
펴낸곳 학연문화사
등 록 1988년 2월 26일 제2-501호
주 소 서울시 금천구 가산디지털1로 16 가산2차 SKV1AP타워 1415호

전 화 02-6223-2301
전 송 02-6223-2303
E-mail hak7891@chol.com

ISBN 978-89-5508-464-1 (03810)